麓山松庐文集

姚秉德　著

世界知识出版社

序言一

诗如朗月流静思

—— 读《麓山松庐文集》诗歌有感

谭仲池

七月流火，天气炎热，人如坐蒸笼。然浏阳之东的大围山麓却天赐高山清爽。入夜更有凉风吹帘、朗月临窗。此时，仰望满天繁星闪烁，叠嶂如黛，让人不禁心旷神怡。这应是诗家放飞静思遐想的极佳情境。

白天，我在岩前、湖畔、瀑布飞流的峡谷写生，把诗的深邃和意蕴全然注入笔端，用墨彩的线条编织着诗句。用过晚餐，散步回到房间，月色妩媚地点缀窗台。我便翻开了姚秉德先生送来的书稿《麓山松庐文集》。慢慢书中的诗歌把我吸引住了，就如同我走在夏夜的清风月白里，欣赏着如梦如幻的夜中的山影树色，感触着生命和生存世界的深邃与幽远。

诗是文学艺术中的晶莹明珠，放射着诗人心灵的思想精神美焰与哲思的灵光。姚秉德先生的诗文采飞扬、感情挚炽、沉静豁达，寄托自己对祖国山水、名胜、人生、友情的深刻感悟和悠长回望与深深眷恋。读来让人感动、亲切、依恋、欣然。

洞庭波日月，
世事几沧桑。
天下堪忧事，
伊人可怅长？

——《登岳阳楼》

　　短诗一束，诗情悠长，天高湖阔，古今在胸，倾吐着诗人对名楼和先贤锦句的敬畏与深沉感怀。末句的发问，实际上是一种忧国忧民的自我责任意识的表达，也是全诗深蕴的旨意所向。又如：

步云入麓宫，
老树夹道迎。
凌顶观江岸，
春光满眼中。

——《冬临岳麓》

　　这首诗，我们读到的另一番情境，不再是惆怅沉重，而是明丽澄澈，古典新韵，跃然眼前。虽是轻剪岳麓云彩树影，却映照出新时代祖国河山的无限春色，寄怀情愫于此可见一斑。

一瞬五十载，
再集二百年。

拄藜追岁月，
抚鬓忆陶园。
同凿防空洞，
共涉道路艰。
一生交给党，
把酒击盂喧。

——《铜中学友聚》

同学聚会，自然追昔抚今、思友叙旧，但诗人的情致是博大的、凝重的，把彼此对峥嵘岁月的忆念凝集笔端，呼出"一生交给党，把酒击盂喧"的心声。

尘世中，人生的际遇不同，在市场经济大潮的冲击下，人的灵魂坚守、理想坚守是何其重要呵！只有这些在半个世纪中读懂了生活的人，才能有这样的切身体验。诗乃心声，于此可证。

山高云五彩，
梯陡险攀登。
未听鞋声响，
但闻战鼓鸣。
福州一眼览，
江敏二分城。
眺望蓝天处，
情系蓑笠翁。

——《登大鼓山》

3

　　我很喜欢这样的诗，登高望远，见城见水，心飞宇宙，但不忘"蓑笠翁"，这是怎样的情思与牵挂？人如尘土，终归尘土，只有心不染尘，心中常怀感恩之情的人才能时刻"听取蛙声一片"，处身设想"独钓寒江雪"的生命苍桑与世事纷繁，然后奋然"梯陡险攀登"。

彻夜啾啾唱不休，
争分抢秒却无忧。
轮回四季纷纷事，
喜盼来年又一秋。

　　　　　　　　——《秋虫》

　　诗写得玲珑而精致，明白而幽雅，亦如《秋虫》。我想这首诗，应当是诗人满蘸浓郁乡愁书写的。他在"啾啾唱不休"的曲调里闻到秋收的稻香，也品味了"四季轮回"的农事艰辛。这就是真正的自然与人和谐共生的优美旋律，让我们用自己的汗水与向往去深情地与《秋虫》共鸣吧！

富厚堂前嫩荷香，
齐家八本美名扬。
屡输屡战多典范，
济世诗书万载长。

　　　　　　　——《谒富厚堂》

诗人的笔融和诗思是敏锐的，他在不断捕捉属于诗的真正歌唱与思考。

大家知道，"忠孝传家久，诗书济世长。"家教是人生历程最重要的组成部分。诗人偷闲去了富厚堂，拜谒曾国藩的故宅。他自然十分钟情堂前的百亩荷塘飘散的清香与浮动的荷绿，然而让他更向往与倾慕的则是曾国藩的良好家教，故对其"八本"家训，崇拜有加，谓之"如诗文以声泪为本"同义。由此，读者便可领悟诗人的人格高标、诗意人生的丰富清净。再看七律《游南山牧场》，诗人给读者呈现的是对美丽乡村、良好生态环境的由衷赞美与倾心向往。

城步上行数重山，
山高岩险路弯弯。
嫩芽浅浅肥牛瘦，
细雨蒙蒙不衣寒。
阳紫峰亭观日落，
红岗哨堡忆时艰。
丘岚绿映八十里，
地静天蓝忘回还。

——《游南山牧场》

当我们身居闹市，处在时时是噪音尘霾相伴的天地里，心何以明朗平静，行何以振奋有为，情何以温馨频递。原本生活、工作、兴趣、交往美好和谐的空间，却平添了无穷的烦恼与忧患，

诗人在南山牧场的咏叹,陶醉着"桃花源"的梦境,而更深层的是充满着殷切的期待,那便是天更蓝、水更清、山更绿、空气更清新的生存世界。有鉴于此,我们便可看到诗的远方在哪里,梦的绚丽在哪里,诗的恋曲在哪里!

作为诗人的姚秉德先生是一位资深的学者、教授博导,他有心有情有志于诗歌创作,实在难能可贵。

读他的诗,其实也是在读他心中的世界与人生的追求。这就让我能从诗的角度认知他的志趣与修为,感知他的作为与奉献,明晰他的兴味与雅逸。我以为这样的人生是极为富饶而充盈、雄浑而光彩的。在这里我想说的是,姚先生的诗歌,如果能写得更加细腻与具象,更加贴近人民群众,多一些"工夫在诗外",其诗歌的品质与审美,更会令读者不忍释卷。

我把这些读诗感受写出来,我担心自己没有真正读懂了姚先生的诗。因之,我对姚秉德先生的诗歌更充满期待。

2016年7月31日
于浏阳大围山

谭仲池 汉族,湖南浏阳人,国家一级作家,已出版诗集《芭蕉雨》等6部,散文集《风雨人生路》等5部,长篇小说《打捞光明》等5部,文论等共计20多部、300多万字。曾任长沙市市长、湖南省作家协会副主席,现任湖南省政协副主席、湖南省文联主席。

序言二

理工园里隐诗人

段献忠

"千年学府多奇俊，理工园里隐诗人。"这是湖南大学党委副书记栾永玉教授在读了姚建刚教授诗作而赋七律的最后两句，这也正好表达了我与姚教授长期交往中的感受。

我与姚教授相识在20世纪90年代中期。那时我在华中科技大学任教，他所著的由中国高教出版社出版的《电力市场分析》一书出版，其清新的理论、流畅的文字令我佩服。后来的二十余年里，我们成了忘年之交。姚教授曾先后担任湖南大学电力系统及其自动化教研室主任、电气工程系主任等职，已出版专著八本，在国内外重要杂志上发表论文两百多篇，负责开发的电力负荷预测软件等产品在全国得到广泛应用，获省部级一、二等奖励多项，是湖南大学资深教授和电气工程一级学科博士点的创始博导之一，被评为享受国务院政府特殊津贴专家。在长期的交往中姚先生热心于帮助年轻学者，在电力系统研究方面给予了我不少的帮助，姚教授做学问一丝不苟的精神感染了身边的许多人。

大约是从2005年的暑假起，我开始收到姚教授通过短信发来的诗作，每次都给我很大的惊喜。在11年的时间里，我跟着姚教

授的诗作短信，一起游历名山大川，一起经历重大事件，分享着
一位工科学者的人文情怀，领略一位工科学者的独特社会视角。
通过诗作短信，我感受到姚教授是一位富有家国情怀的学者，是
一位热爱生活、感情真挚的诗人。

　　姚教授的诗情深意切，朗朗上口，读之如饮甘泉，沁人心
脾，如酌醇酒，激荡情怀，十多年来使我受到许多启迪。姚教授
的文集出版了，这成为千年学府的又一段佳话，更多的读者将可
以感受到一位工科学者的人文情怀。作为一位不曾赋诗的工科教
授，我本来是没有勇气为姚教授的文集写序的，但是想到在一流
大学建设的征程中，人才培养应该大力推进文理交融，姚教授已
用他的实践做出了榜样，便也欣然命笔，记下我11年里阅读姚教
授诗作短信的点点感悟，算是我向姚教授学习，推动文理交融、
优化育人环境的决心吧。

　　祝姚教授不断有新作问世！

2016 年 7 月
于湖南大学望江楼

目　录

麓山松庐文集

七　律

古　风

词赋记及对联

第一辑

拾　珠

枫叶红了

蕴育于冬，
成长在春。
挥汗酷暑，
深秋绽放火红。
一树树，
一山山，
在寒风中燃烧，
在霜冻中笑容。

丹叶彤彤，
依恋深深。
带着挚爱，
慢慢飘向远程。
一张张，
一片片，
倾吐的是思念，
诉说的是衷情。

2015年11月10日于麓山松庐

麓山古杏

蹬着陡峭石阶，
如牛气喘汗淌。
但见百丈古杏，
屹立飞来石上。①
风吹金叶沙响，
满树遍地灿黄。

巍哉麓山古杏，
壮吾民族真魂。
青春茹苦含钟，②
悠扬唤醒万民。
壮年抵御外侮，
不畏火烧烟熏。③
历尽狂轰滥炸，
不倒汝和湘军。

贤哉麓山古杏，
服务普罗大众。
初春生机盎然，
盛夏荫凉馈赠。

秋深杏果垂硕，
冬至黄叶倩影。
拱卫云宫白墙，
耆孺休憩尽兴。

予爱麓山古杏，
冬日余晖美景。
高楼鳞次云绕，
湘江波涛奔涌。
人生何争百岁，
古杏已给万种。

2015年11月于麓山松庐

题释：古杏居岳麓山之巅，云麓宫旁，相传为宋代道士所植，距今已有
七百多年。

注释：①云麓宫旁有"飞来石"崖，古杏扎根于该崖上。

②古杏主枝上夹一"飞来钟"，实为明代道士所置。原钟声悠扬，
声震星城。

③1939年至1942年，中国军队与侵华日军在长沙地区进行了三次
会战，岳麓山为主战场而遭日军狂轰滥炸。

天沐温泉浴

一轮寒月
静静地挂在树梢
凝望着
地上八十个月儿
在呼呼喘着热气
朦胧中
白的肌肤
黑的头发
约隐约现
红的玫瑰
蓝的天狼
拥抱在一起
啊，那不是刺青
是羿在拥抱嫦娥
是姬在舔去
霸王征战的血迹

诚实的爱

冰洁的美

沸腾了血

洗却了累

花白的头

依靠在瘦弱的怀

悄悄地情话

耳贴着嘴

稚嫩的笑

欢乐的嘻

驱走漫天的严寒

唤醒满腔的回忆

远方的你

是否安好

可有享此天月

共沐无限思念

2016年元月28日
于江西宜春天沐温泉宾馆

复海平

君如梁上燕，
　吾似针头线。
心心相印几时断，
　时把海平念！
　时把海平念！

　暮霭掩泪眼，
　青山遮素脸。
但千里，如天远，
　梦呓吾心愿！
　梦呓吾心愿！

1981年11月于湖南大学

题释：大学同年级同学海平从广东湛江来信，信中情意绵绵，欲言又止。
然千里阻隔，故以诗复函。

别 梅

别梅一日似三秋，
　　泪涟涟，
　　心忧忧，
几多幸福几多愁。

倩影犹在媚常留，
　　愿依依，
　　情悠悠，
龙虎山溪长泛舟。

1993年6月
于南宁市龙虎山

题释：中国银行湖南省分行派遣笔者任北海房地产公司总经理，每日忙忙碌碌，一年仅能回家一两次探望妻女。

山　雪

——　杨函煜

忘了有几年

积雪的屋檐没有浮现在我的眼里

水晶装裱的树没有亲吻我的唇

呼啸而来的冽冽寒风没有抚摸过我的脸

我都要忘了这

刺骨的寒

扎眼的白

记得的只有不可言说的

纯澈

我们笑着走着

像是这白茫茫的雪地里的

一个个匍匐前行的影子

好在，这蜿蜒的山路尽头

促狭的呼吸

咧嘴的笑容

融化了这满眼的冰雪

却装饰了少年的梦

2016年1月24日于明月山

杨函煜　女，1993年生，四川乐山人，湖南大学电气工程专业在读硕士。
《山雪》为其与作者五律《腊月登明月山》互诗。

登明月山

—— 郑玲

（一）

明月山　路蜿蜒

银装裹　飞瀑湍

但见天碧蓝

悠悠云飘散

（二）

满树的银花

是孩子七彩的糖果

冰封的悬崖

是画家冻结的水墨

多想逗留在这可爱的时光里

又怕扰了童话里的冰雪王国

（三）

映雪的艳阳　照进梦想

见过这般冰清

更明了

心如明月

怀抱诗和远方

2016 年 1 月 24 日于明月山

郑玲　女，1991 年生，四川自贡人，湖南大学电气工程专业在读硕士。
《登明月山》为其与作者五律《腊月登明月山》互诗。

朋　友

朋友，
　曾记否？
为挣一元九，
我俩鸡鸣走。
推着独轮车，
运土三百九。
汗水如雨淌，
气喘似斗牛。
同睡一张床，
共饮一壶浆。
历时一月半，
鲜肉十斤丢。

朋友，
　曾记否？
同交入党书，
同把京剧秀。

你演杨子荣，
我饰座山雕。
娇姣围着你，
我是开心友。
代你送恋书，
帮你把情诱。
到老追是非，
只能躲着走。

朋友，
曾记否？
我在岳麓山，
你处天府都。
月月有书信，
心事互倾诉。
春节共团圆，
同拜父母叟。
恶人有霸凌，
兄弟抢拳揍。
历历如昨日，
天天思念久。

朋友，
可想否？
若不忆往事，
何必有当初。
多载不见你，
心焚情悠悠。
你我渐老去，
是否太孤独？
莫为儿孙烦，
莫为琐事忧。
放开心扉玩，
畅饮忘年酒！

2016年5月8日于麓山松庐

普希金塑像

卷曲的黑发，

瘦削的脸庞，

深邃的目光，凝视着远方。

人民的英雄——普希金，

你在呼唤，

神圣的自由，

强大的法章。

你十八岁创作《自由颂》，

使人民在黑暗中见到了曙光。

《致恰达耶夫》表述的真理——

"那护佑王座永恒的卫士，

将是人民的安宁与自由。"

你是世界的自由之神，

你是东正教的耶稣。

高挺的鼻梁，

浓密的颊须，

长长的外套，

透露着威武不屈，
俄罗斯民族的刚强。
《致大海》，
你愿做英勇的渔夫，
为了自由，
终年搏击海上。
《致西伯利亚的囚徒》，
你号召十二月党人，
忍受西伯利亚的艰辛，
迎接黎明的曙光。
为挚爱的冈察洛娃，
你与流氓丹特斯决斗。
直至献出年轻的生命，
也不向沙皇尼古拉低头。
你是斯巴达克勇士，
你是文坛的楚霸王。

饱满的天庭，
深思的面容，
紧闭的双唇，
流露出无限的智慧和灵光。

你的诗歌小说和童话，
无不显露着哲理与希望。
你的作品传遍世界，
慰藉着亿万人的心房。
《渔夫和金鱼的故事》，
从小印在我的脑海，
贪欲是害人的魔鬼，
幸福来自辛勤耕耪。

你是俄罗斯文学的奠基人，
你是世界诗坛的高峰。
我把心灵的鲜花献给你，
我亲爱的诗歌之神！

2016年8月8日
于圣彼得堡普希金市

娜　娜

你金亮的头发，
宛如清晨的阳光；
你明净的碧眼，
好似春天的月亮；
你柔嫩的声音，
像清风在原野飘荡。

望着你婀娜的身姿，
犹如貂蝉在眼前；
偷看你微笑的小脸，
我的心蹦跳无边；
听着你悦耳的歌唱，
我无法克制想象。

我愿是那牧羊犬，

整天围绕你身旁；

我愿是那青青草，

任你踩在我身上；

我愿是贝加尔湖水，

载着你自由划桨。

2016 年 8 月 11 日

于圣彼得堡

第二辑

古 韵

以《中华诗词》编辑部2005年5月颁布的
中华新韵表（十四韵律）为韵书

第二辑

古韵·五绝

芷江受降坊有感

一雪百年耻，
二扬万众忾。
倭今新保立，^①
战雾罩降台。

2015年7月16日
于湖南怀化芷江

题释：芷江受降纪念坊位于湖南省芷江县城。1945年8月21日—23日，
国民政府在此（原为芷江机场）举行接受日本投降仪式。1946年2
月，国民政府在此建立芷江受降纪念坊，该坊为"四柱三拱门血字
形"牌坊建筑。
注释：①当日日本众议院通过新安保法，允许日本向海外派兵。

王华一笑

王妃腰脸瘦，
华美不需妆。
一眼勾人魄，
笑中怨更长。

2015年12月22日
于湖南大学电气学院即兴而吟

题释：王华，湖南大学电气学院教学办主任，时年三十六岁，体态轻盈，
声如黄莺，招人喜爱。王华一笑，为藏头诗题目。

北海银滩戏水

沙白滑趾嫩，

海阔与天连。

劈浪峰波戏，

出没勇往前。

2015 年 4 月 19 日于北海银滩

题释：北海银滩，位于广西北海市银海区，沙滩宽度 30–3000 米，坡度为
 0.05，由高品质的石英砂堆积而成，在阳光的照射下，洁白、细腻
 的沙滩银光闪闪，为理想的旅游休憩之地。

登岳阳楼

洞庭波日月，
世事几沧桑。
天下堪忧事，[①]
伊人可怅长？

2015年10月14日于岳阳楼

题释：岳阳楼位于湖南省岳阳市，始建于公元220年前后，自古有"洞庭
天下水，岳阳天下楼"之美誉，与黄鹤楼、滕王阁并称江南三大
名楼。

注释：①宋范仲淹著《岳阳楼记》，有脍炙人口的名句："先天下之忧而忧，
后天下之乐而乐。"

附：夏树人复诗

五律·秋晚登岳阳楼

—— 夏树人

千古登临地，
今朝我又来。
云霞开晚镜，
烟水筑孤台。
天遣文章驻，
山衔落日回。
故携风与浪，
长伴梦魂归。

2015 年 10 月 15 日

夏树人　湖南省岳阳市人，湖南大学后勤处处长，高级工程师。

登岱岳

云飘风浪涌，
日淡霞光生。
封禅祖龙在，^①
谁能与角峰？

2015年9月22日于泰山

题释：岱岳，泰山的别称，位于山东省泰安市，号"五岳之尊"，是中华
民族的象征。

注释：①秦始皇首次在泰山封禅。唐代诗人章碣的七绝《焚书坑》有诗句：
"竹帛烟销帝业虚，关河空锁祖龙居"，谓秦始皇为祖龙。

冬临岳麓

步云入麓宫，
老树夹道迎。
凌顶观江岸，
春光满眼中。

1984年11月29日于岳麓山

题释：岳麓山，位于古城长沙的湘江西岸，海拔300.8米，为国家5A级旅
游景区，有岳麓书院、爱晚亭、麓山寺、云麓宫等著名景点。

井冈山观瀑

梯下三千级，
银河坠碧天。
轰鸣长啸去，
谁道仙女泉？①

2014年7月18日于井冈山

题释：井冈山位于湘赣边界，罗霄山脉中段，海拔多在千米以上，最高峰
　　　海拔2120米。1927年秋，毛泽东、朱德等人率领秋收起义和八一南
　　　昌起义的中国工农红军在这里创建了第一个农村革命根据地。这里
　　　革命遗址和景点星罗棋布。
注释：①有人命名井冈山瀑布为"仙女泉"，却未见其婀娜多姿、温软柔
　　　纤之态。

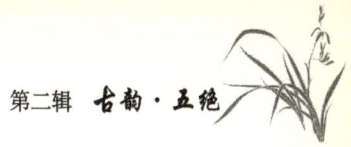

题小华春天落叶摄影

花开花落处，
叶落亦同悲。
春日何曾驻，
风吹香不随。

2014年5月3日于湘雅附三院

题释：同学李小华用微信发来春天落叶照，吾正喉病术后卧床，触景生情，
    潸然泪下。

观庐山三宝树

擎天三棵树，
立地已千年。
叶绿枝杆壮，
识熟天下贤。

2012年7月26日于庐山即兴而吟

题释：三宝树为庐山黄龙寺附近的一棵银杏树，二棵婆罗（银杉）树，最
大一棵高34米，直径2.8米，相传为黄龙寺高僧昙洗所植，距今已
有1600多年。

龙春寄语

是龙即展翼，
能汇亦飞腾。
举世艰难日，
九天览圣雄。

2011年除夕于麓山松庐

观沩山密印寺古杏

千载菩提树，
雌雄一干生。
裴公亲种得，
信众拜声隆。

2010年9月
于宁乡县沩山镇密印寺

题释：湖南省宁乡县密印寺古杏，雌雄同主干，相传为唐朝名相裴休所植，
距今已1300余年。

瞻仰台湾国父纪念堂

熙熙多慕客，
堂大正衣襟。
伟业先生奠，
悲无后继人。

2010年8月4日于台湾

八卦梯田观日出

霞光万道晶，
薄雾缓飘腾。
满目梯田翠，
黄莺柳树鸣。

2010年7月29日晨
于八卦村

题释：湖南省新化县紫鹊镇八卦村的梯田层层叠叠，美不胜收。清晨五点
　　　与章兢副校长一同观日出，随景而吟。

题文星塔

浮图凌九云，
雁过亦惊心。
诚拜文星就，
常思天地恩。

2014年元旦
于东城镇静慎村

题释：文星塔地处长沙市望城区东城镇静慎村，建于公元1882年，塔有
7层，高20余米，由花岗石垒建，塔身完好，壮丽秀美。

答永玉兄

书记真英俊，
德才集一身。
办学倾碧血，
书院有碑丰。①

2015年12月3日于湖南大学

注释：①千年学府岳麓书院对贡献卓著的山长、校领导、大学者有立碑
　　记载。

附：栾永玉诗

七律·读建刚兄诗词有感

—— 栾永玉

钟灵毓秀衡水云，
悠然跻高抒心扉。
是非得失安于数，
传道授业育心魂。
信手拈来四八句，
古典现代皆成文。
千年学府多奇俊，
理工园里隐诗人。

2015年12月2日于湖南大学

栾永玉　河南省项城市人，湖南大学党委副书记、教授、博士生导师。

登八达岭

长城万里长，
见证秦朝亡。
孟女千滴泪，[①]
华人万代伤。

1989年10月于北京

题释：八达岭长城位于北京市延庆区军都山关沟古道北口，最早为1500年
　　　前北魏所修筑，后于明朝重建，为秦长城的延伸，是万里长城的险
　　　要关口之一。
注释：①民间流传有孟姜女哭长城的故事。

王菲才女

王风谁可匹？
菲斐智超前。
才富通今古，
女杰又易安。①

2016年5月15日
于湖大华龙公司

题释：王菲，湖南省双峰县人，国防科大工学硕士毕业，通晓文理、金石，
　　　思维敏捷，记忆超群。
注释：①李清照（1084—1155），号易安居士，宋代著名女词人，擅长书
　　　画，通晓金石，词自成一派，流芳千古。

第二辑

古韵·五律

金猴奋起

踏雪歧羊去，
迎阳美猴来。
疾霆争域海，
铁棒护边塞。
实体兴经济，
求真涤唱衰。
诚信同挽手，
共迈创新台。

2016年2月7日（除夕）
于麓山松庐

铜中学友聚

一瞬五十载，[①]
再集二百年。[②]
拄藜追岁月，
抚鬓忆陶园。
同凿防空洞，[③]
共涉道路艰。
一生交给党，
把酒击盂喧。

2016年4月16日于望城千龙湖

注释：①铜官中学高中一、二班同学于1968年入校，至今已近五十年。
②毕业后全体同学第一次聚会于1994年，与第二次聚会相隔跨越了
两个世纪。
③1969年，同学们响应毛泽东主席"深挖洞、广积粮"号召，一边
读书，一边挖防空洞。

腊月登明月山

明月妩春生，
艳阳好客卿。
山山淞雾秀，
涧涧绿溪鸣。
雪裹千竹曲，
冰装百树莹。
共温天沐浴，
涤去满身尘。

2016年1月24日于天沐宾馆

题释：明月山地处江西省宜春市。登山之日虽寒风刺骨，然艳阳高照，明
月山秀美绝伦，登山后有感而吟。

麓山松庐文集

九华山拜佛

龆龄学马列，
花甲拜佛伢。①
地藏化龙寺，②
舌血润古华。③
梵音百岁唱，④
肉体万身裟。⑤
甘露观音洒，⑥
慈悲你我他。

2014年8月于九华山

题释：九华山为中国四大佛教名山之一，位于安徽省青阳县，主峰海拔
　　　1342米，山上庙宇星罗。
注释：①花甲之年初入佛门。
　　　②高丽人金乔觉化缘修建了化龙寺，后尊为地藏王。
　　　③地藏王用舌血抄写了华严经。
　　　④九华山百岁宫信众熙熙，梵音绕绕。
　　　⑤1300年的地藏王菩萨肉身不腐。
　　　⑥观音阁有滴水观音，洒金沙水可治人病。

游铜官

车过茶亭镇，
随瞻郭亮亭。①
唐窑原址在，②
宋巷彩陶精。③
动手泥人秀，④
品肴美味浓。
泊车乘水去，
美景有东城。

2015年10月1日于铜官镇

题释：铜官为中国陶都，是长沙市著名景点。
注释：①郭亮，中国早期革命家，曾任中国共产党湘鄂赣特委书记，1927年
被湖南军阀何健杀害。
②已挖掘出唐朝烧制陶器的龙窑窑址。
③铜官保存有宋朝建筑风格的陶瓷古街。
④游客可动手自制或雕刻陶器。

秋游爱晚亭

枫红映万山，

翠树掩亭间。

塘碧金鱼戏，

溪长绿水潺。

山寒思杜牧，①

夙尚有名篇。②

成败何须究，

空余岭上烟。③

2014年11月29日于麓山松庐

题释：爱晚亭，位于湖南省岳麓山下清风峡中，始建于1792年，名字来源于杜牧的七绝《山行》中的名句"停车坐爱枫林晚"。与陶然亭、湖心亭、醉翁亭并称中国四大名亭。

注释：①唐代诗人杜牧的七绝《山行》有"远上寒山石径斜"句。

②要实现素来想吟诗词的心愿，有毛泽东的《沁园春·长沙》等名篇作范本。

③云麓宫下有响鼓岭，为历代兵家必争之地。

拜谒炎帝陵

双手举高香，
拜磕始祖枋。
救民尝百草，①
教众耜穰桑。②
琢木编琴乐，③
剥麻制布裳。④
成仙乘鹤去，⑤
美德育炎黄。

2014年7月16日
于株洲炎帝陵

题释：炎帝陵是中华民族始祖炎帝神龙氏的安息地，位于湖南省炎陵县。
注释：①炎帝神龙氏为中华医学始祖，为治百姓病而遍尝百草。
②炎帝发明采桑养蚕和稻谷耕种术。
③炎帝琢桐木制琴而有五音。
④炎帝发明剥苎麻的皮织布。
⑤相传神龙氏尝百草，因误食断肠草而亡。

瞻拜曲阜孔庙

宫墙万仞傍，

玉振金声彷。

列土周游远，

牛车饥肚常。

仁义礼智信，

诚爱美德昌。

背靠苍龙柏，

瞻磕肃布裳。

2014年4月于曲阜

题释：曲阜，古为鲁国国都，现是山东省的一个县级市，总面积895.93平
　　　方公里。曲阜有著名的孔府、孔庙、孔林，是中国古代伟大的思想
　　　家、教育家、儒家学派创始人孔子的故乡。

附：李浩鸣复诗

读《瞻拜曲阜孔庙》

—— 李浩鸣

学府真才俊，
实业科技撑。
松弛皆有度，
初夏春更浓。

2014年4月于北京

李浩鸣　湖南长沙人，曾任《中国科学报》总编辑。

谒夫子洞

物欲横流季，
雨多燥热时。
恭观夫子洞，
悲叹耆儒蚀。
憩凳石床在，
尊贤礼乐失。
草民无信仰，
秦政怎安之？

2014年4月于曲阜

题释：夫子洞为山东省泗水尼山下的一个石洞，相传2500多年前，颜氏向
尼丘山祈祷，之后在此洞诞下孔丘仲尼。

送章兢之任湘大书记

别兄岳麓下，
未语泪沾襟。
少有兴国志，
老倾报校心。
精勤执教业，
清正做官人。
天劫子房去，^①
空余角斗尘。

2013年5月15日

题释：章兢，湖南韶山人，湖南大学教授、博导，著名自动控制专家，历任
　　　湖南大学电气学院院长、湖南大学副校长，后调任湘潭大学党委书记。
注释：①湖南大学师生视章兢为章子房。

登大鼓山

山高云五彩，
梯陡险攀登。
未听鞋声响，
但闻战鼓鸣。
福州一眼览，
江敏二分城。①
眺望蓝天处，
情系蓑笠翁。

2013年元月18日于福州鼓岭

题释：大鼓山位于福州晋安区，山高800多米，1886年由西方传教士开辟
　　　为避暑胜地。
注释：①敏江将福州市一分为二。

秋游麓山穿石坡湖

晨曦涤雾尘，

碧瓦溢琉金。

黄翠山山映，

鳞波闪闪欣。

鸳鸯相戏偎，

鹂鸟互婉音。

信步故人遇，

手识意可亲。

2014年10月于岳麓山穿石坡湖

题释：穿石坡湖是岳麓山东南幽谷中的自然景观。湖面水清，堤建长廊，
三面环山，风景秀美。

第二辑

古韵·七绝

国庆六十周年

六十华诞缤花腾，
把酒邀君共几盅。
砺志扬鞭千业旺，
创新开拓万家兴。

2009年9月30日晚
湘江畔观礼花后有感

登滕王阁

岁月蹉跎岁月悠，
阁兴时盛几春秋。①
子安绝序东坡帖，②
不见伊人更自愁。

2014年11月21日于南昌

题释：滕王阁位于江西省南昌市，始建于唐朝永徽四年，阁高57.5米，为
江南三大名楼之一。

注释：①滕王阁先后重建29次，作者此次登临，正值郡楼重建。
②王勃，唐代诗人，字子安。王勃作《滕王阁序》，苏东坡手书，
成千古传诵的佳作。

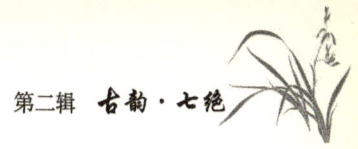

题素玲伴娘摄影

淡扫蛾眉浅作妆，
嫣然一笑百柔生。
谁怜陈姓林娇女，
更著才华待悍雄。

2015年10月28日于麓山松庐

题释：陈素玲为作者2014届研究生。

游舞阳河

微风拂起千层绿，

壁峭山高金魅啼。^①

孔雀舞阳天下秀，^②

欢声妙语满船嘻。

2015年7月17日于贵州黔南

题释：舞阳河地处贵州黔南国家地质公园，水深40—80米。

注释：①金魅，金丝猴别称。

②孔雀，指孔雀崖。

咏花魂

叶绿枝青蕊萼残，
炎炎夏日汗滴干。
随风瓣瓣翩翩落，
留得清香在世间。

2013年5月10日于湘雅附三医院

春　日

（步朱子韵而奉和）

柳绿桃红湘水滨，
微风送暖适时新。
稚童野地追白兔，
何处芙蓉不逗春。

2016年3月20日晨
见孙女追兔照而吟

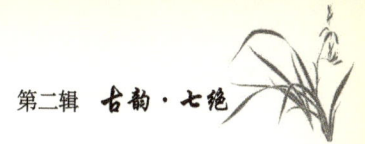

附：朱熹原作

春 日

—— 朱熹

胜日寻芳泗水滨，
无边光景一时新。
等闲识得东风面，
万紫千红总是春。

题释：朱熹（1130—1200），宋代大理学家。《春日》表面为其游览山东省
　　　泗水滨春天风光的观感，实则是歌颂孔、孟在泗水之滨的讲学布
　　　道，是一首暗喻教化的哲理诗。

答郑玲《麓山爱晚枫红时》

路人自诩太谦卑，
几岁红枫喜相随。
今日迎寒登岳麓，
明朝艳丽报春晖。

2015年11月26日于湖南大学

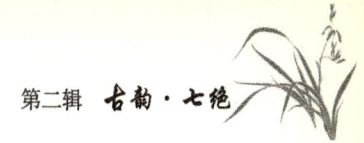

附：郑玲诗

麓山爱晚枫红时

—— 郑玲

闲庭信步乐浮休，
细雨金秋染杏林。
爱晚又逢枫红日，
自卑终究是路人。

2015年11月25日于湖南大学

和群湛兄《吊"东方之星"》

相携众老长江溯，
骤转倾翻四百冤。
莫道龙风传万力，
江中舵手已离船。

2015年6月6日于麓山松庐

题释：2015年6月1日，从南京驶往重庆的"东方之星"客轮载406名离退
休人员溯游长江三峡，在湖北监利水域倾翻，430余人罹难。

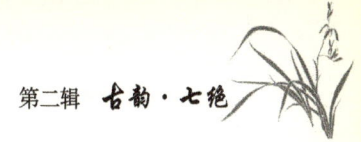

附：李群湛诗

吊"东方之星"

—— 李群湛

人间难料是悲欢，
龙卷歪风造巨冤。
莫道回天总无力，
江中扶取断魂船。

2015年6月5日于成都

李群湛 四川眉山人，西南交通大学教授、博士生导师，我国著名电气化
铁路专家，著有《诗词习作与词谱选编》等作品。

致谢张尧兄

　　收到华南理工大学电气院张尧院长快件，拆开一看，乃先生手书吾拙作《秋游麓山穿石坡湖》，字道苍劲，势如奔流，感吟一首以致谢。

尧兄似檩大笔挥，

劲力苍苍透纸背。

留得羲之今古帖，

茗房陋室尽增辉。

2013年12月3日

于麓山松庐

春暖爱晚亭

清风拂面漾波轻，
倒影晚亭碧水中。
金鲤红唇相逐戏，
鲜花翠叶斗香浓。

2013年4月10日
于爱晚亭

庐山观日出

金霞渐起乌云惑，
北斗亮晶百岱幽。①
红日喷薄呼欲出，
阳湖浩莽涌雾稠。②

2012年7月24日于庐山

注释：①北斗，指北斗星。
　　　②阳湖即鄱阳湖，古称彭泽，为中国第一大淡水湖，最大丰水面积
5100平方公里。

观庐山三叠泉瀑布

万丈悬崖摩彩云，
一泉三跌雪花喷。
破石穿壁洪流去，
留得声名待后人。

2012年7月24日于庐山

回雁峰

雁飞南北识春秋，
候鸟轮回岭上梭。
大厦而今满目立，
空余石雁对天歌。[①]

2012年元旦
于衡阳市回雁峰

题释：回雁峰位于湖南省衡阳市雁峰公园内。
注释：①雁峰公园入口处建有回雁石塔。

飞 雁

果绿稻香皓月明，
天高云淡任吾行。
何惧秋露渐趋冷，
故土依依越险峰。

2011年9月20日
于南岳衡山

观黄果树瀑布

日淡山青震耳隆，
洪流飞泻银河崩。
玉珠滚滚帘千尺，
溅起龙潭雨雾濛。

2011年7月22日于黄果树瀑布

题释：黄果树瀑布位于贵州省安顺市，瀑高87.7米，宽101米，两岸青山
　　　秀丽、瀑势雄壮。

观陡坡塘瀑布

暴雨方停百马鸣，
吼声震耳气汹汹。
断崖千丈洪流泻，
一往无前碎沫腾。

2012年7月22日于贵州陡坡塘

题释：陡坡塘瀑布位于贵州省黄果树瀑布上游1公里处，瀑顶宽105米，高
21米。瀑布顶上是一个面积达1.5万平方米的巨大溶潭，瀑布形成
于逶迤100多米长的钙化滩坝上，发出"轰隆、轰隆"的吼声，故
又名"吼瀑"。

恭贺兔春

一跃寒宫势不穷，
擎龙跨虎任君行。
涤除往岁纤弱气，
景象万千与日晟。

2011年2月2日（虎年除夕）

于麓山松庐

夜观爱晚亭菊展

水黝灯濛随浪动，
风吹叶落半塘萍。
尚存婷艳迎寒放，
不识秋穷冬已临。

2010 年 11 月 13 日晚
于爱晚亭

麓山松庐文集

读名舟兄《呼唤》有感

血泪汪汪呼正理，
然然浩气贯长虹。
忧国上谏达十次，
可叹官高难认同。

2011年11月19日于长沙

题释：杨名舟，国家电监会高级工程师，曾就长江三峡、特高电压、新能
源等方略问题十次上书国家发改委，后结集编成《呼唤》一书。

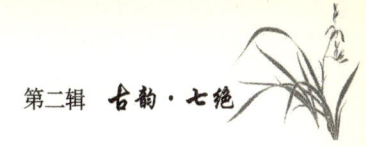

附：杨名舟复诗

姚教授雅鉴：

复《读名舟兄〈呼唤〉有感》

—— 杨名舟

衷心致谢，惭愧莫名。

追忆嗣同，不禁怆然。

诗人情怀古今同，

一吐为快大侠风。

潇湘多少慷慨士，

血荐文章血写忠。

2011 年 11 月 25 日于北京

麓山松庐文集

和群湛兄《秋虫》

读群湛兄《秋虫》，深受感触，乃步其韵而和之。

啾啾彻夜唱难休，

事系国家怎不忧？

安得忘年为知己，

共鸣谱曲写春秋。

2010年10月3日晨于麓山松庐

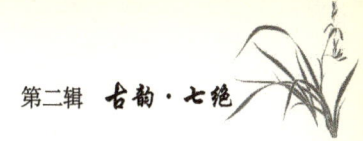

附：李群湛诗

秋 虫

—— 李群湛

彻夜啾啾唱不休，
争分抢秒却无忧。
轮回四季纷纷事，
喜盼来年又一秋。

2010年9月15日凌晨

游紫鹊梯田

层层叠叠叠层层，
遍野梯田满目葱。
龙祖开掘坡万顷，^①
秋来稻浪滚山峰。

2010年7月28日于紫鹊台

题释：紫鹊梯田位于湖南省新化县紫鹊镇。
注释：①紫鹊梯田相传为秦始皇嬴政时期开辟。

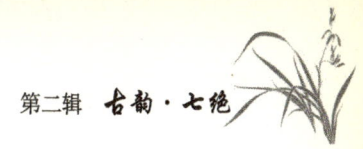

谒富厚堂

富厚堂前嫩荷香，
齐家八本美名扬。①
屡输屡战多典范，②
济世诗书万载长。

2010年7月31日于荷叶塘

题释：富厚堂为曾国藩所建，位于湖南省双峰县荷叶塘镇。
注释：①曾国藩的"八本"家训，如"作诗文以声调为本"等。
②曾国藩在平定太平天国战争初期，曾屡打败仗，但他没气馁，重振旗鼓再战，直至最终攻入南京。

91

答龚陈雄《别恩师》

昨宵畅饮欢声溢，
五士迎曦奔目的。
云淡天高鹏展翅，
十年约定候佳期。

2010年7月1日于麓山松庐

附：龚陈雄藏头诗

别恩师

—— 龚陈雄

别过恩师从业欲，
姚黄魏紫开次第。
建树电气当自许，
刚将进酒散筵席。

2010年7月1日晨

龚陈雄 福建省寿宁人，2010年硕士毕业于湖南大学电气学院，分配到福
建省电科院工作。

同窗幸会

铜中一别四十冬，
跃弟设宴喜乐融。
放酒高歌吟怡海，
乘龙跨虎任吾行。

2009年12月24日

题释：姚跃于怡海酒楼设宴，款待在长沙市的铜官中学高一、二班学友，
酒酣而吟。

游竹海

层峦叠翠万竿连，
风过相携不见边。
质体洁白化币纸，
蔡侯伟业富开源。①

2009 年 10 月 7 日
于湖南耒阳

题释：耒阳竹海为耒阳市著名景点，方圆百里皆为楠竹。
注释：①耒阳是我国古代造纸术发明家蔡伦的故乡。

贺耀南获五一劳动奖章

躬躬敬业三十载，
教务科研硕果丰。
控制倾心身手显，
千年学府又增荣。

2014年4月26日于湖南大学

题释：王耀南，1957年生，湖南大学电气学院院长，我国著名自动控制专
家，曾荣获国家科技进步二等奖四项。

题"推轮椅"照

母推轮椅泪痕多，
父坐椅中暗叹嗦。
不晓离家吾崽女，
何时返乡把年过^{xiàng}？

2015年12月30日于长沙

题释：朋友发来其母推父轮椅照，吾为其父母对儿女深切思恋的情感所深深震撼。

瞻乐山大佛

凌云崖上佛凌云，
笑受三江骇浪侵。
冷看人间是非事，
乐禅天下有缘人。

1985年11月于乐山

题释：乐山大佛位于四川省乐山市凌云寺侧，濒大渡河、青衣江和岷江三
江汇流处，为弥勒佛坐像，通高71米。

踏雪登南岳

遍山白雪树冰清，
一步三滑独自行。
心有烦忧天下事，
祝融峰顶问仙翁。

1983年1月于南岳祝融峰

题释：衡山，又名南岳，是我国五岳之一，位于湖南省衡阳市南岳区，海
　　　拔1300.2米。衡山自古天下闻名，以壮丽的自然风光和佛、道两教
　　　并存的人文景观而著称，山下有南岳大庙、祝圣寺，祝融峰顶有道
　　　宫，庙内、宫内既供奉如来佛祖，又供奉道教祖师。南岳衡山又被
　　　誉为"中华寿岳"。

峨眉山猴趣

九十九道陡阶弯，
汗水淋漓往上攀。
突遇群猴夺隘道，
先施食物后通关。

1985年11月于峨眉山

题释：峨眉山，位于四川省乐山市峨眉山市境内，景区面积154平方公里，
　　　最高峰万佛顶海拔3099米。峨眉山地势陡峭，风景秀丽，有"秀甲
　　　天下"之美誉。峨眉山有植物3000多种，有寺庙26座。山路沿途有
　　　较多猴群，常结队于九十九道弯等陡峭处向游人讨食，为登山增添
　　　了乐趣。

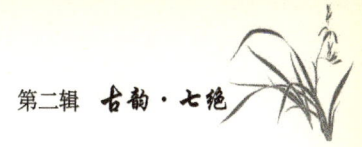

登峨眉山

鸡鸣快步上峨眉，
下岭弊脚落日追。
幸得野乌百两重，^①
夫人一见笑容美。

2000年10月于峨眉山宾馆

注释：①野生何首乌，在峨眉山下山途中购得。

101

游九寨沟黄龙景区

题释：黄龙景区位于岷山主峰雪宝顶脚下，长约7.5公里，宽约1.5公里，

酒熏快步上黄龙，
悦耳飞瀑到处听。
五彩池影沿路秀，
冰清映射丽人音。

2000年11月于九寨沟

题释：黄龙景区位于岷山主峰雪宝顶脚下，长约7.5公里，宽约1.5公里，
蜿蜒起伏，风景秀美。

五一度假

翁婿洒汗锄杂草，
母女弯腰种菜秧。
扯嫩根根肥小兔，
稚童更比我们忙。

2016年5月1日
于舜周书屋

和群湛兄《游峨眉山》

栀子花开艳媚山，
诗星画友斗诗篇。
休而不憩心年少，
把酒邀君共伴仙。

2016 年 6 月 4 日于麓山松庐

附：李群湛诗

偕同兴源肖建老师游峨眉山

—— 李群湛

栀子开时约进山，
一行好友话诗篇。
时光好在退休后，
把酒临风赛半仙。

2016年6月4日于峨眉山

白莲花

出自污泥素净奇，
河塘沃野绿瑶池。
幽香不媚独苞放，
傲骨仙风正此时。

2016 年 6 月 18 日
于麓山松庐

第二辑

古韵·七律

吊屈子

秭归出仕气轩昂，
兴楚伐秦百计藏。
夜日笙歌金殿绕，
边关烟火左徒详。①
上疏屡谏遭流放，
谗信张仪至郢亡。②
吟罢离骚投水去，③
九歌绝唱龙舟忙。

2014年端午节晨
于汨罗市

题释：屈原（前340年—前278年），战国时期楚国人，芈姓，屈氏，名平，
字原，今湖北省秭归县人，楚辞的创立者。

注释：①屈原曾担任楚国左徒、三闾大夫等官职。

②秦国派张仪出使楚国，以土地诱惑楚怀王，使屈原被流放，楚国
走上绝齐亲秦道路，致逐步被蚕食而衰败，王都郢城最后被秦将白
起攻破。

③屈原存世的代表作《楚辞》中主要有抒情诗《离骚》、《九歌》、《天
问》等。楚襄王再次流放屈原至今日之汨罗县，屈原闻丧国之消息
而投江。

观龙兴寺

夕阳西下至龙嶙，

但见泼皮守寺门。

金碧浮图新岁见，

清肃福骨哪儿寻。

沙弥一反成皇业，

古刹三度获命文。

岁月蹉跎今又是，

疆独休想步后尘。[①]

2014年4月12日
于凤阳县城

题释：龙兴寺，又名皇觉寺、报国寺，地处安徽凤阳县城，是明朝开国皇
帝朱元璋为躲避饥荒的出家之地，并由此而结交天下英雄，兴兵起
义反元。

注释：①时下，疆独分子在外国势力操纵下，不断发动暴乱。

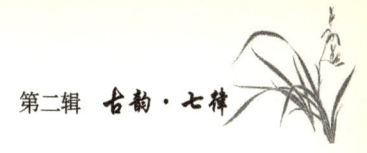

拜访柳庄

千山环抱柳杨庄，
灰瓦青砖翠里藏。
袅袅炊烟人不尽，
袭袭香舍剑身长。
爱国心似葵朝日，
报效志如鹄欲翔。
豪气满身谁可挡，
披戎皓首复新疆。①

2014年清明于柳庄

题释：柳庄，地处湖南湘阴县柳庄，为左宗棠两次进士落第后从教、以教
资购田地七十余亩而自建的隐身之所，自号"湘上农人"。而正是
于此处走上了仕途，并生儿，名声大噪。

注释：①19世纪中后期，左宗棠七十岁挂帅出征新疆，收复被沙俄占领的
伊犁等大面积国土，粉碎了英、俄等国企图瓜分新疆的阴谋。

登黄山

远上黄山栈道悬，

橙红紫绿尽欢颜。

天都峰上观云海，^①

始信崖中望日圆。^②

秀美莲花留客坐，^③

贪猥狮子俯猴馋。^④

黑松虬劲拔岩立，^⑤

雾霭蒙胧已半仙。

癸巳小雪（2013年11月14日）
于黄山排云楼宾馆

题释：黄山地处安徽省黄山市，为三山五岳中的三山之一，有"天下第一
　　　奇山"之美誉。
注释：①天都峰为黄山之险峻高峰，海拔1810米。
　　　②始信峰上的巨崖。
　　　③始信峰下莲花崖。
　　　④狮子崖下有美猴岩。
　　　⑤黄山以奇松、怪石、云海、温泉四绝闻名于世，黑虎松更为黄山
　　　　所独有。

登庐山

一山独兀傲苍穹，

俯视长江所向行。

孤屹寻踪七万纪，①

文明追索六千程。②

峰巅五老观红日，③

泉下三叠望彩虹。④

历史风云毋远究，

东南海上战鼓鸣。

2012年7月25日于庐山

题释：庐山位于江西省九江市，海拔1474米，东偎鄱阳湖，北枕长江，以
　　　"奇、秀、险、雄"闻名于世，为驰名避暑胜地。
注释：①庐山早在震旦纪就在海底开始沉积，逐步形成巍巍峨峨的孤立形
　　　山系。
　　　②中华文明六千年在庐山可寻踪。
　　　③庐山的最高峰为五老峰。
　　　④三叠泉瀑布。

观美庐有感

名庄坐落在仙台，
拂拂凉风扑面来。
独赠爱庐巴莉美，[①]
共商国事敞胸怀。[②]
喜迎四海观光客，
笑纳五洲俊彦才。
四百金钱谁种得，[③]
清泉尚在细徘徊。[④]

2012 年 7 月 26 日于庐山

题释：美庐曾为蒋介石与宋美龄的避暑官邸，"美庐"二字系蒋题写。

注释：①美庐别墅始建于1903年，由英国兰诺茨勋爵建造。1934年，巴莉女士将这栋别墅赠送给宋美龄。

②解放后，中共中央在庐山召开多次会议。

③美庐现存金钱树四百余棵。

④美庐有小溪，清流涓涓。

京城会泽洪学友

同窗岳麓未能忘，
相会京城鬓已霜。
解试三元千选一，
研习四载杰成双。[①]
汉音字典遵音诵，
数理习题逐义长。
电网特高倾碧血，
神州泽被有洪郎。

2012年3月24日

题释：刘泽洪，1961年生，长沙梽黎镇人，1977年恢复高考，以优异成
　　　绩考入湖南大学电力专业，现任国家电网公司副总经理，教授级高
　　　工，为我国直流特高压电网建设作出了卓越贡献。
注释：①1981年，刘泽洪与周二专分别考上中国电力科学技术研究院及清
　　　华大学研究生。

岳麓书院一千零四十年纪念

庭院深深千百载，
赫曦台上论英雄。
朱张会讲开新史，①
黄蔡功高覆满清。②
曾左名丞儒作本，③
毛何立志济世宏。④
毋忘纤弱文山体，
拨乱重修事耿躬。⑤

2016年3月15日于麓山松庐

题释：北宋开宝玖年（公元976年），潭州太守朱洞创建岳麓书院于岳麓山
　　　抱黄洞下，千百年来，弦歌不断。

注释：①乾道三年（公元1167年），朱熹访岳麓书院，与山长张栻共台论
　　　学，开书院会讲之先河。
　　　②辛亥革命元勋黄兴与蔡锷曾就读于岳麓书院。
　　　③晚清名丞曾国藩与左宗棠曾就读于岳麓书院。
　　　④毛泽东、何叔衡曾寄居岳麓书院半学斋，初创新民学会，决心宏
　　　儒济世、改造世界。
　　　⑤成文山，1982-1987年任湖南大学校长，不但为岳麓书院的修复
　　　奔走呼号、殚精竭虑，而且从规划、施工至草木布置都亲力亲为。

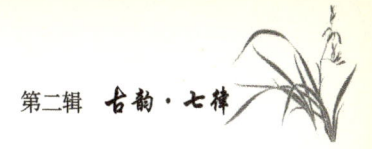

夜宿柳叶湖

　　下午至常德市，与友开怀畅饮，晚又喝擂茶至子时，移宿柳叶湖边共和酒店。一觉醒来，天已微明，湖光山色，美不胜收，乃欣然命笔。

擂茶畅饮汗元蒸，
一觉共和已曙明。
红日湖托斯冉亮，
霞光云蔚渐趋浓。
鳞波闪闪连天际，
赛艇扬扬互竞争。①
抗战高歌犹在耳，②
烟波浩渺赴洞庭。

2011年7月6日晨
于共和酒店

注释：①柳叶湖为国家皮划艇培训基地和冠军赛、锦标赛举办场所。
　　　②常德为抗日名城。1943年，以余程万师长为首的57师8000名官兵，抵抗4万多日军的狂轰滥炸、毒气、重炮等疯狂进攻，毙敌2万余人，直至弹尽、粮绝、人无。

秋思寄语

风爽月圆意正浓，
邀君把酒共几盅。
毋忧世事多离幻，
但旺鸿鹄少虑行。
捍我海疆驱日寇，
复吾正气去贪凶。
国强民富真王土，
无限风光待汝登。

2010年中秋节（9月22日）
于麓山松庐

附一：肖辉耀复诗

　　中秋晨起，得读恩师《秋思寄语》，心情激荡，感恩满怀，特和藏头诗一首。

和《秋思寄语》

—— 肖辉耀

祝福声声情愈浓，
姚门弟子共几盅。
老骥常吟唤耳语，
师恩永存伴我行，
中天顺风人顺意，
秋月满轮志满胸。
快马加鞭知发愤，
乐在登攀更高峰。

2010年9月22日于长沙

肖辉耀　湖南城步县人，湖南大学电力专业硕士毕业，现工作于湖南省电力公司，高级工程师。

附二：李群湛复词

卜算子·天涯共此时

—— 李群湛

名句冠千秋，
明月何时有？
圆月今夕最动情，
不论阴晴否。

千里系天伦，
慈母人高寿。
又到婵娟共赏时，
独饮思乡酒。

2010年9月22日（中秋节）
于成都华西医院

附三：王路复诗

中秋快乐

—— 王路

地天天地转枢机，
明月月明映岁时。
暑往寒来静亦动，
悲秋最是境情移。

王路 湖南邵阳人，湖南大学电力专业硕士毕业，现任上海市电力公司副
总经理，高级工程师。

游天生三桥

　　在重庆电科院鉴定会之余，与友人一道游览了武隆县喀斯特地貌的天生飞龙桥、青龙桥、黑龙桥及其所在天坑，天坑内有明珠泉、阴河和雄鹰岩景，大自然的鬼斧神工使人震撼。

三桥飞架越天坑，
千丈悬崖雾霭腾。
驿站犹息疲信使，①
金甲可憎悖人宗。②
明珠洒落于高处，
阴涧流淌怎有踪。
不晓龙女何处去？
雄鹰独兀傲苍穹。

2009年7月于重庆

注释：①驿站，飞龙桥下尚存的清代官驿。
　　　②金甲，电影《满城尽带黄金甲》以此地作外景。该剧描述的是后妃与太子乱伦，兄弟、父子残杀，情节离乱，唯一可赞处为外景。

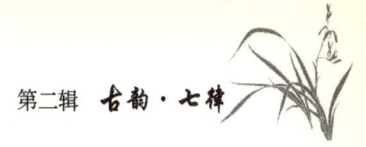

游南山牧场

城步上行数重山，
山高岩险路弯弯。
嫩芽浅浅肥牛瘦，
细雨蒙蒙不衣寒。
阳紫峰亭观日落，
红岗哨堡忆时艰。^①
丘岚绿映八十里，
地静天蓝忘回还。

2010年7月30日于南山南湖宾馆

题释：南山牧场地处湖南省城步县，平均海拔1760米，方圆80平方公里。
注释：①高山红哨地堡，1963年为防蒋介石反攻大陆空投特务而修建。

攀崀山骆驼峰

栈道绵延挂半空，
雄鹰与我并肩行。
翼王御敌临高处，①
徒手蛛侠上辣峰。②
独览丛云观寿海，
众争陡壁找福星。
攀崖极眺晚霞美，
绝顶挺拔不老松。

2010年7月29日于崀山

题释：崀山位于湖南省邵阳市新宁县境内，骆驼峰为崀山美景之一。
注释：①据传太平天国翼王石达开曾在骆驼峰上抵御清军。
　　　②法国蜘蛛侠曾于2010年5月徒手攀登骆驼峰对面的辣椒峰，在骆
驼峰上依稀可见蜘蛛侠攀崖线路。

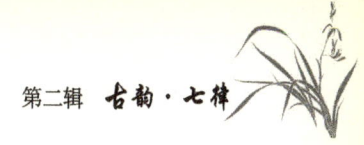

登崀山一线天

一线绵绵一线天，

窄身勇入陡梯间。

仰头峭壁高千仞，

回首石阶万丈延。

风凉习习拂汗面，

岩湿挤挤弄肩沿。

牛鼻不知何时去，^{zhi}①

但有美名一巷传。②

2010年7月29日晚于崀泉宾馆

注释：①一线天原名牛鼻山。

②地质学家陈国达院士将牛鼻山命名为"天下第一巷"。

游梅山龙宫

内外暑寒两重天，
行舟漫漫阴河间。
飘鸾龙帐王何在，
染血金盔帅吁冤。
满目晶莹林玉翠，
一溪湛绿水声涟。
天堂有路慈为本，
地殿存善也半仙。

2010年7月28日于新化县梅山

题释：梅山龙宫地处湖南省新化县梅山，龙宫内有地下河供游客乘船游览，
　　　还有晶莹剔透的钟乳石宫殿。

游湛江湖光岩

青山环抱霁光钗，

拂壁依稀寇相才。①

一夜岩浆功绩著，

千年胜地李纲来。②

登峰极眺南国览，

瞰海细听西乐徊。

惜在东坡无绝句，

椰果累处百花开。

1976年3月

于湛江杂交水稻制种时游湖光岩有感

题释：湖光岩湖位于湛江市西南郊，为世界地质公园，是我国现存的三座
火山湖之一。

注释：①宋朝名相寇准在湖光岩留下诗刻。

②摩崖石刻"湖光岩"三字系南宋宰相李纲所书，"陷湖"自此得名，
渐成粤西名胜。

贺震之兄七十寿庆

记得当年热血浓，
震之丰采令人躬。
口如悬河惊千座，
笔走龙蛇起劲风。
少播马毛觉大众，
老研舆学慰亡灵。
纵横时代真君子，
得道高人乃李翁。

2010年4月7日晚于长沙

题释：李震之，湖南省长沙市人，曾长期在基层、省直机关担任宣传要职，
退休后研究堪舆，出版了藏头诗歌集《吟咏湖湘》等专著。

除夕答友人

除岁迎新读^{huà}华赋，
飞扬曳绪忆昔人。
山静莺唱何时远，
秋去泉鸣几处林。
但愿豪侠依旧在，
只求幸进永随君。
隔洋共写中华史，
不愧当年砺志心。

2007年2月17日夜（2006年除夕）
于舜周书屋

游日月潭

少听情歌日月潭，
相思隔海梦圆难。
青山绿水今天见，
银浪白舟逸客闲。
岛战成功驱荷寇，^①
美龄治病憩灵山。^②
神州万里呼声急，
明月何时照倩还？

2010年8月7日于台湾

题释：日月潭地处台湾阿里山以北、能高山之南的南投县鱼池乡水社村，
　　　湖面海拔748米，常态面积为7.93平方公里，湖水深蓝，风光绮丽。
注释：①1662年，明将郑成功收复台湾，驱走荷兰侵略军。
　　　②宋美龄曾在日月潭的灵山上憩息，治喉病多年。

就医湘雅三医院耳鼻喉科有感

执鞭卅载喉失音，

谢请匆匆叩医尊。
_{yī}

慧眼江波识病灶，①

穿鼻纤镜定疑甄。

麻师输液瞬沉觉，
_{jiào}

妙手操刀断祸根。

扁鹊重生疗万疾，

更吉天使满屋春。②

2011年8月13日
于25病区25床

题释：新疆电力公司邀请吾于8月12日赴疆讲学，然因过度劳累，喉嘶已
　　　月余，至11日晚音全失，12日不得已请副手赴约，吾匆匆求诊。
注释：①江波：陈江波教授，医术精湛，待病人如亲人。
　　　②天使：钟竹青、肖益芳、张丽君、晏沙沙等粉红色和白色衣着天
　　　使，满脸笑容，脚步轻盈，声暖愉耳，使人如沐春风。

登梵净山

久闻佛教禅净地，

今天邀友特相寻。

人流入口成排候，

汗滴骄阳望队循。

百态蘑菇豁悦朗，^①

千姿蟾桂却隐身。^②

山腰日照山巅雨，

一坐缆车已醒神。

2013年7月于贵州岭南

题释：梵净山，地处贵州省铜仁市，海拔1600米，山上庙宇星罗。

注释：①蘑菇云崖，由页崖叠成，千姿百态，使颓废心情豁然开朗。

②金蟾崖，上有庙宇，可登临，在雾霭中时隐时现。

第二辑

古韵·古风

观岳阳楼

鲁公昔日阅兵台，[①]
蚁蛀楼危空战排。[②]
白浪滚滚连天际，
金鼓阵阵杀声来。

1975年5月1日

于岳阳楼下

注释：①传说岳阳楼在三国时期为东吴都督鲁肃训练水军之检阅台。
　　　②岳阳楼为木质结构，环楼用绳索隔开，上挂一牌："蚁蛀梯危，禁
　　　止登楼"。

观台湾花莲玉石雕

五万荣军贯东西，[①]

经国亲勘攀绳梯。

险岩凿通洞千丈，

陡峡掘出玉万壁。

无字天书藏岳麓，[②]

七彩宝瓶存京西。[③]

光霞耀眼多极品，

游人深爱不忍离。

2010年8月于花莲

注释：①由大陆去台湾的五万国民党士兵，历经数年，凿壁炸岩，挖洞填
沟，开通了横贯台湾东西之路。
②台湾亲民党主席宋楚瑜送七彩大理石无字天书给湖南省政府，现
藏于岳麓书院。
③台湾国民党前主席连战送七彩宝瓶给胡锦涛，现存于人民大会堂
台湾馆西北角。

乘台北地铁

轻轨地铁换搭乘，
天上地下别有情。
白墙绿树转瞬过，
电掣光闪数站通。
无人饮食洁如镜，
失磁圆币难通行。
贵在市民高素质，
行色匆匆满笑容。

2010年8月2日于台北

登台北 101 大楼

拔地而起壹零壹，
塔耸入云洲第一。
八十九层电梯神，
三十七秒高速极。
登楼放眼台北览，
攀顶远眺美洲及。
太平洋上波涛涌，
中华尚需凝聚力。

2010 年 8 月 4 日于台北

游鸟巢

久闻古都筑新巢，

无暇参观心神移。

今携刁石匆匆游，

气势恢宏啧啧奇。

钢管万条斜乱错，

砼柱千根纵横齐。

看台八万欢声急，

滚石高歌中华旗。①

2011年6月5日于北京

题释：鸟巢位于北京，建成于2008年奥运会前夕。

注释：①台湾滚石乐队。于2011年5月1日在鸟巢组织三百艺人演出，观
众逾八万人。

闻"两不承诺"有感

湖南大学赵跃宇校长刚就职，即宣布其本人不再承接新科研课题，不新带研究生，全力以赴于湖南大学的发展。闻之如饮甘露，即兴而吟。

两不承诺动人心，
清淳一扫官利风。
素有山长多奉献，①
政令时艰怎推行？

2012年11月

注释：①山长，古时岳麓书院的院长。

第二辑

古韵
词赋记及对联

卜算子·重游涠洲岛

一瞬二十年，
再上火山顶。
人多车挤难觅静，
但有崖边洞。

教会钟声鸣，
庙宇梵音诵。
天淡云白海水蓝，
游子思伊怓。

2015年4月20日
于北海市涠洲岛

题释：涠洲岛，位于广西北海市北部湾海域中部，面积24.74平方公里，最
　　　高海拔79米。涠洲岛由火山喷发的熔岩堆积而成，有海蚀、海积及
　　　熔岩等景观，有天主教堂和寺庙。

水调歌头

贺湖南大学电力九二级返校聚会

何日再聚首？
山重眼望穿。
一九九六挥手，
至今十五年。
几欲乘风回府，
又恐岁月奔碌，
催熟了容颜。
步履已稳健，
轻盈怎如前？

聆红楼，
登岳麓，
饮清泉。
电力技术，
血乳交印心心连。

幸福源于艰苦，

聚合必有分离，

　珍惜你我缘。

举杯共饮后，

跃马快加鞭！

2011年10月1日于麓山松庐

清平乐·重上黄洋界

驱车乘兴，
直上黄洋境。
不闻鼓角难觅旌，
但见人头攒涌。

当年缨枪何存？①
山上山下可寻。
又听炮声隆响，
反腐深得民心。

2014年7月1日

题释：2014年7月1日，中共湖大电气院党委组织党员登井冈山。
注释：①缨枪，指红缨枪。

蝶恋花·羊城师生会

廿六师生重相聚，

把酒畅饮，

岳麓情怀忆。

更有大师张尧蓝，

欢声阵阵妙语戏。

几载华龙吾与你，[①]

汗水交融，

科技攻关旆。

骥放南山勿裹履，

人于征途闻鸡起。

2014年6月26日

题释：与毛庆汉、陈亮等26位学生聚会于羊城酒楼。

注释：①湖南湖大华龙电气与信息技术有限公司简称"华龙"，为湖南大学科技创新基地。

麓山松庐文集

满江红

庆湖大电气院九十周年

热血满腔，
何处洒，
一九二一。
迁辰溪，
自建工厂，
汗水沥沥。
九十功名尘与土，
八万里路奔和息。
莫等闲，
白了学子头，
空悲泣。

兴中华，
靠自己。

国不强，

被人戾！

驾电车，

把握时代战机。

强弱控制宇宙行，[①]

软硬结合神州立。[②]

凝聚起，

吾院六千士，

鏖兵砺！

2011年9月30日于湖大电气院

注释：①湖南大学电气院含电气工程及其自动化、自动控制、电子工程、
仪器仪表四个一级学科，需走强电与弱电控制相结合的创新道路。
②将大数据、云计算等软件研发和电子硬件产品开发相结合，朝国
际一流大学迈进。

满江红·守木

　　为建东城农科站等建筑，公社购得百方木材，木排停靠在湘江堤下，公社派吾独自睡在小渔船上看守。是夜，狂风大作，冷雨倾盆，触景生情，借马灯之光而写就。

独卧尖舱，

伴木排，

哗哗雨劈。

浊浪滚，

掀舟拍岸，

簸吼淫逸。

千载江水源远流，

四方栋器淤泥弃。

梦中回，

掀被速出巡，

无贼迹。

航灯闪，

鹤声唳。

举马灯，

雨中立。

心蕴热，

哪管风啸寒戾。

慢步弯腰入卧处，

缩腿掐指扫睡意。

须用心，

护好厦梁材，

事怎毕？

1973年腊月

于东城公社苏廖垸湘江段小渔船上

清平乐·中秋寄语

桂香袭忆，
千万思念寄。
日朗月明秋风戏，
把酒邀君共聚。

莫说世事繁冗，
高歌一曲业兴。
吾汝今生携手，
再战八百征程。

2012年中秋于舜周书屋

静胜文苑赋

文星塔畔，黄龙河滨，静胜两委，习古烁今，几经寒暑，文苑落成。

夫斯苑也，承日月之精，受天地之灵；朝东南场阔纳八方文众，临田丘溪长存千古清流；红檐翘角，白墙青瓦；三面长廊，四季花草；回廊内诗词碑刻流芳溢彩，庭苑外稻菽峦层飘香叠翠；石桌前老翁博弈亮睿智，广场上少年习武显雄风。

嗟夫！予尝思，世事沧桑，变幻莫名，然中华文脉，贯穿始终。曾几何时，静胜完小，长湘盛名，咀糠嚼菜，识字作文，日寇铁蹄，难断其根。今逢盛世，百姓安康，振兴中华，弘扬文明；育栋梁才，壮千秋业，伟哉静胜！

时值隆冬，岁在壬辰，欣然命笔，喜赋贺忱。

2013年1月20日于舜周书屋

舜周书屋记

东城北麓，静胜村中，储银山下，黄狮塘滨，中西合璧建筑，舜周书屋落成。夫斯屋也，承麓山灵气，接南岳雄风，观洞庭波涛，察宇宙辰星。屋前稻菽翻金浪，房后竹梅拥古松。上下三塘龙腾鱼跃，远近五里兔跑鸟鸣。书屋坐西北朝东南受日月精华，大门邻白虎向集镇纳四方精英。院按八卦布置，庭以太极成形。奇花异草，珍果佳木，四季花开，清香扑鼻；幽路曲径，荫林顽石，蝶舞莺飞，静候佳宾。游泳池内健儿击起千层浪，金鱼塘里红鲤腾跃万丈银。

围墙百丈，书屋三层。灰瓦白墙与庭苑浑成一体，琉璃溢彩使内外景色相融。回廊用汉白玉打造，门厅设大理石屏风。进门即参欢喜佛，登楼可拜玉观音。客堂高阔，聚八方文人雅士；壁炉火耀，纳五洲墨客佳朋。蒸房汗水透胸背，老骥伏枥争春沥沥；书斋藏书达楼顶，稚童诵读入耳声声。

建斯屋也，思祖辈惟艰，念父母恩深，了吾多年心愿，倾余毕生积零。曾赴沪京穗川考察，亦向名师巧匠咨聆。一草一木皆亲手种植，一砖一瓦都躬背选形。七载寒暑，六万时辰，其辛其艰，亦苦亦乐，难以形容。门撰楹联："文清才真，云秀天高"，父母英名，恭蕴其中。

嗟夫，吾之子孙，居书屋应思无屋，于小家而忧国家。以书为本，以善取胜。求实守信，开拓创新；孝敬尊长，挚爱亲朋；善待乡邻，远交近盟；和衷共济，发达无穷。

时值仲夏，岁在辛卯，激情荡漾，以此记铭。

2011 年 7 月 16 日于舜周书屋

碑 记

父母双亲俭朴一生　　起早贪黑织补耕耘

聪惠诚信礼义乡邻　　孝赡尊长挚爱亲朋

呕心沥血育儿抚孙　　历尽艰辛劳疾而终

四男三女缅怀英灵　　敬立丰碑创业永恒

一九九四年冬立

对 联

（一）古稀生晖

天口吴仲尼七十有寿庆
白比皆弟子三千无颜回

贺吴干先生七十寿庆

1994年3月13日

（二）舜 周

文清才真
云秀天高

舜周书屋门联

2010年5月1日

（三）文苑飘香

文化建园以静致胜成一品
儒雅理村蕴教于乐康万民

贺静胜文苑落成
2013年元月14日

（四）再聚百年

数日月数同窗数天下风流孽债
诉思念诉别离诉人间挚爱真情

贺铜官中学首届高中毕业生第二次聚会
2016年4月16日于望城千龙湖

（五）再接再厉

从业图强瞬三十
及艾挥鞭再四旬

贺长沙电院首届毕业生三十年返校聚会
2012年6月于长沙

（六）沉痛悼念

朗笑犹在耳
舒怀有后人

挽学生伍也凡奶奶仙逝
2014年10月

麓山松庐文集

鹧鸪天

望城五中高二班校友聚会望城留念

云淡天高秋气爽，
二班校友聚城关。
春风化雨成大器，
久别重逢喜开颜。

谈往事，
诉衷肠，
同窗话别最难忘。
朱云思心红胜火，
挺身仗平志愈坚。

吴干 一九九二年十月二十一日

注释：吴干（1924-2002），长沙市人，毕业于湖南师范大学中文系，一直
　　　任教于望城县铜官中学和望城县教师进修学院，是姚秉德的初中及
　　　高中语文教师，为其日后的文学素养培养了坚实的基础。

160

第三辑

童 趣

兔

小白兔，
白又白。
耳朵长，
跳一跳。

猫

小花猫，
喵喵喵。
爱吃鱼，
爱睡觉。

狗

小花狗，
四脚走。
汪汪叫，
找朋友。

蛙

小青蛙，
呱呱叫。
水里游，
岸上跳。

蝌 蚪

小蝌蚪，
找妈妈。
大脑袋，
黑尾巴。

鸭

小鸭子，
嘎嘎嘎。
水里玩，
捉鱼虾。

公 鸡

大公鸡，
喔喔叫。
捉虫虫，
起得早。

八哥鸟

小八哥，
喔喔喔。
爱讲话，
会唱歌。

猪

大肥猪，
胖又胖。
打呼噜，
不起床。

麓山松庐文集

乌 龟

小乌龟，
慢慢爬。
爬不动，
唉呀呀。

蜜　蜂

小蜜蜂，
嗡嗡嗡。
飞到西，
飞到东。
采花蜜，
忙不停。

数星星

天上星，
亮晶晶。
一颗颗，
数不清。

看星星

青石板，
石板青。
石板上，
钉银钉。
一颗颗，
眨眼睛。

月 儿

月儿弯弯，
像个小船。
两头尖尖，
谁在里面？
月儿圆圆，
张开笑脸。

金 虎

金虎大，
小麻小，
小麻跟着金虎跑。
金虎叫，
小麻跳，
吓得狐狸逃跑了。

月亮走

月亮走，
我也走，
我与月亮好朋友。
月亮请我天上去，
一起跳舞和唱歌。

太阳公公

鸟儿叫，

鱼儿跳，

太阳公公出来了。

小朋友，

哈哈笑，

背起书包上学校。

月亮粑粑

月亮粑粑，
里面坐个嗲嗲。
嗲嗲出来买菜，
里面坐个奶奶。
奶奶出来烧香，
里面坐个姑娘。
姑娘出来绣花，
绣个粑粑。
粑粑掉到井里，
变个青蛙。
青蛙叫呱呱，
月亮不见啦！

下雪了

雪花飘飘落，
落在竹子上。
竹子变长了，
我吃棉花糖。

雪花飘飘落，
落在草地上。
草地变白了，
我要堆雪人。

雪花飘飘落，
落在房子上。
房子变白了，
我要出去玩。

2016年1月31日于长沙

题释：乡下大雪，从乡下乘车返城，沿途雪飘，三岁零二个月的孙女爬在
汽车窗户边逐句喊出，并要我记下来。

下雨了

滴答，

滴答，

下雨了。

种子说，

下吧，

下吧，

我要发芽。

花儿说，

下吧，

下吧，

我要开花。

小树说，

下吧，

下吧，

我要长大。

滴答，
　滴答，
　下雨了！

唐僧骑马

唐僧骑马，
咚那个咚，
后面跟个孙悟空。

孙悟空，
跑得快，
后面跟个猪八戒。

猪八戒，
耳朵长，
后面跟个沙和尚。

沙和尚，
挑着箩，
后面跟个老妖婆。

老妖婆，

心狠毒，

一心想吃唐僧肉。

孙悟空，

真厉害，

一棍打死老妖怪。

第四辑

思 语

四进北京苏州胡同

因喉咙不争气，声带上长了结疖，一年内在省级医院做了三次手术，至7月中旬又复发，在学生们的奔忙下住进了北京同仁医院。晚饭后闲来无事，到处走走。

第一次走进苏州胡同，是下午五点多钟。沿着同仁医院旁宽敞清洁的大街往北不到三百米，就到了内蒙古大厦，大厦旁有一条不起眼的便道，往右拐便进了苏州胡同。胡同内铺的是水泥路，宽约十米，两侧尽是低矮的店铺，有饮食、杂货、蔬菜、水果、洗衣、缝纫……五花八门，应有尽有。凌乱的电线在空中飞越，纸巾、烟蒂、菜叶、杂物散落在地上；烫衣服的蒸汽、煎饼店的香味与爬行的汽车排出的尾气交织在一起，使人感到窒息和一种莫名的仿佛回归二十多年前的兴奋。

第二次走进苏州胡同，是晚上七点多钟。天色已近昏暗，黄黄的路灯懒懒地亮着，路边摆满了地摊，店铺与地摊之间，勉强能走人。进胡同不到百米，在停着几台破旧巴士的空隙中间，约隐约现一抹红色，似乎抱着电线杆在那儿忽闪忽闪的。走近一瞧，原来是一上身穿绿色短袖衣、下身穿红色大裙裤的丰满的少妇，在电线杆下擀饺子面皮，擀面桌旁还有两个老太太在忙着包饺子。"大哥，试一试手工饺子吧！有五种配料，任你选！"那声

189

音甜甜的，肥硕的屁股在大摆裙下一颠一颠的，扑鼻的饺子香味压住了杂散气味而使人不可抗拒。空地上仅有三张小桌，桌旁已坐满了人。少妇停下擀杖，帮忙挪出了一个位置。我点了一斤饺子，每种馅料二两。点完后，才注意到坐在小桌对面的是一看似六十来岁的老人，桌上摆着一个葫芦，一边品着饺子，一边饮着白酒。"大哥，您看大爷多大岁数？"少妇在考我的眼光。"六十来岁吧！""唉呀，人家八十三了，每天晚上在这里吃一斤饺子，喝半斤酒。"我与老人聊起来。老人是辽宁人，十六岁参加东北抗联，参与了四平街争夺战和抗美援朝，后调中央警卫团，为汪东兴的部下，现仍与汪东兴同居中央干休所。他非常怀念毛泽东时代的清廉，赞美汪东兴对党的忠诚和抓"四人帮"立下的大功，钦佩朱镕基的正直、廉洁和气魄。老人虽八十余三，却每日喝家乡自酿高粱酒一斤二两。我们正聊得高兴，突然被一大嗓门的吼声打断。只见一打着赤膊、穿着短裤衩、嘴里叼着香烟的壮汉，身子斜靠在电线杆上，肥大的肚子几乎要贴着少妇一颠一颠的屁股，"……你说我有什么了不起？你一个扫地的，就得给我让路！"满口的唾沫、烟灰撒落在少妇的红裙裤和擀面桌上。"您大人大量，她扫地的可怜！"原来，壮汉不是在吵架，是在向少妇摆谱，一双圆溜溜的贼眼在少妇身上扫来扫去。我和中央警卫团老战士失去了交谈的兴趣，一同起身离开。

第三次走进苏州胡同，是早晨六点钟，胡同内已人头攒动。

我来到东北饼店，想尝一尝东北口味。因为十年前在沈阳吃过五角钱一个的大饼和五角钱一碗的豆腐脑，至今仍怀念那股清香。厚道的东北大妈给我盛了满满一大碗豆腐脑，一元钱；切了一大块东北煎饼，一元钱。我站在胡同边上狼吞虎咽地吃完，满口透着香味，满心舒适、打着饱嗝离开。

第四次走进苏州胡同，已是九月下旬，手术两月后需到同仁医院复查。因宾馆房价每晚过千元，身为教授的我无法承受，只得在苏州胡同对面的小巷内找了一招待所。晚饭在招待所内吃了一碗面，花了十八元，肚子感觉还是空空的。于是怀念起苏州胡同，记起少妇那二元一两的水饺，见已是晚上七点半，便匆匆赶向苏州胡同。来到那熟悉的电杆下，不见了那饺子摊，不见了那红色的倩影。取而代之的是一面条摊儿和一干瘦的悍妇。我向该妇打听，见我不吃面条，瘦妇不耐烦地说："她被赶走了！"谁赶走了她？是城管？是壮汉？还是其他？

唉，难忘的苏州胡同！

2012年9月于北京

金虎二三事

金虎是从邻居家抱养的，是熊犬与土狗白莉的杂交种。一身金黄色的毛，胖嘟嘟的，不会叫，见人就摇尾巴，憨态可掬，故取名为金虎。在城里养了两个多月，见其还不开口叫，就把它放到乡下去历练。

这时，在乡下的院子里，已养了白狗白龙、黑狗来福、黄狗旺财三条大公狗和小母狗麻妹。白龙浑身雪白，长长的身子加上高高翘起的尾巴，一眼便知它是狗王。其余三条狗屈服于它的威权，每次开饭时，必须经它每个碗试了味，得到它的允许，其他狗才能进餐。至于它的"妃子"——麻妹，其他俩狗更是不能碰的。

金虎一放进院子，来福和旺财便要咬，金虎赶快跑向白龙，将两只前腿趴地，口里作嗡嗡声。白龙一声怒吠，吓得来福和旺财赶快跑开。于是，金虎便跟着白龙，日夜形影不离，用舌头给白龙理毛，舔生殖器。白龙更感自己王的尊严，五条狗倒也生活得有趣又有序。

由于金虎的母亲白莉个头高大，父亲熊狗壮实，依靠遗传因子，金虎长得很快。十个月后我回乡下，见金虎已长成一只威猛的大狗。浑身毛发金亮，头大腿粗，见生人不再乱摇尾巴，而是

发出低沉的吼声，虎虎生威，使人毛骨悚然！它已由受欺负的最低等一跃而为老二，只是对白龙还能忍让。

又过了五个月，弟弟从乡下打来电话，告知白龙死了。我问白龙怎么死的，他说，金虎组织其他三狗一起攻击白龙，不准白龙进食，将白龙咬得遍体鳞伤。为救白龙，不得已将它放在院外饲养，一不留意，被偷狗贼用毒针射杀了。想起白龙对主人的忠诚、多年来守家的功劳，我倍感心痛。于是，放下手中事务，赶回乡下。

汽车刚靠近院门，便见金虎领着三狗一字排列，欢迎主人回家。金虎两条前腿趴在地上，屁股翘起，嘴里嗡嗡叫着。因为白龙死了，我没有抚摸金虎，而将它和来福、旺财和麻妹训了一通，便进屋了。第二天清早，听见外廊有狗吠声，打开门一看，只见金虎嘴里叼着一只活老鼠，后面站着三个手下，向我示好摆功。难怪院子里现在不见老鼠了，原来全被金虎带手下捉尽了。我说："金虎，谢谢你！"金虎嗡嗡轻叫，将老鼠吃进了肚里。

到了中午开饭时，突然听见院子里狗声大吠，开门一看，只见两只黄狗在合击一只黑狗。来福个头与金虎不相上下，它也一直怀有野心，想当老大，无奈金虎联合旺财来对付他。见金虎咬着来福的脖子，旺财咬住来福的后腿，来福有生命之危，情急之下，我大吼一声，手脚并用，将金虎和旺财赶开。金虎松嘴后，带着满嘴血迹，头高昂，尾巴高翘地尾随着我，好像在说："瞧，

主人，我才是你的狗王！"想起白龙的死，我顿时怒火中烧，大吼一声："滚开！"挥手朝金虎打去，只听"砰"的一声，狗没打着，倒将我的翡翠珠手链摔到了麻石地上，珠子四溅。寻来找去，十颗珠子只找到了六颗。"唉，我心爱的翡翠珠手链！"

是夜，将近凌晨，被狗的群吠声吵醒。循声往后院一看，只见月光皎洁，旺财和麻妹在月光下正屁股对屁股快乐着。两只狗幸福地直叫唤，而金虎和来福则龇牙咧嘴，在旁边恨恨地大叫。我担心，如果金虎和来福此时出击，旺财和麻妹性命休矣。好在历时半小时，金虎和来福只叫唤，却未出击。原来动物也有潜规则，不会突破底线。想来金虎今天是性欲冲动，故将竞争对手来福咬得脖破血流。它一直防范着来福，却不想旺财暗中下手，讨得麻妹的喜欢而捷足先登。看来，不起眼的旺财才是最狡诈的。

这就是我家的金虎。金虎还在统治着其他三条狗，金虎的故事还在演绎着。

2016 年 5 月 6 日于麓山松庐

齐家篇（一）

行和谐之道

和谐乃治国齐家之道。以和为贵，以和致胜，和气生财，这是古今哲理。

和，有两层意思，一是待人温柔，和颜悦色。《岳阳早霁南楼》诗云："心阻意徒驰，神和生自足。"二是处事刚柔并济，恰到好处。待人和气，与人和谐相处，不与人为小利而争，不与人图一时之快而利舌；待人以诚，身处别人的角度去考虑问题，这就是和。

谐，意和合。《左传·襄公十一年》："如乐之和，无所不谐。"心存大目标，对小事与烦人能忍则忍，不能忍则避之，以不发生争斗为准则，这就是谐。当然，遇到违反法律的事可通过法律来解决，遇到恶棍则另当别论！

一个有抱负的人，必定严于律己、宽以待人。多看同事长处，多体贴关心他人，善于团结不同意见、不同类型的人工作；且能集合众人智慧与力量，团结一心而谋取！

2010年6月30日于麓山松庐

齐家篇（二）

存善积德

古时谓善为"有德行之人"。《礼记·中庸》："送往迎来，嘉善而矜不能，所以柔远人也。"做善人，是社会公德的要求，也是一个人的终身修为。

人有三教九流，有善人、恶人、富人、穷人。富人的财富，来之于个人的资本、勤劳、智慧和机遇，但也离不开社会的资源和穷人的贡献。如果富人富了不帮助穷人，反而变本加厉地去掠夺穷人，只会使穷人越来越穷、恶人越来越多，从而危及社会的稳定，也危及富人的生存。因此不管是穷人还是富人，都要以善为本，乐于助人。尽力所能及，孝顺长辈，帮助亲人，帮助社会最底层。使人与人之间互相信任，相互支持，和衷共济！

人的欢愉有肉欲之愉、有财富之愉、更有精神道德之愉。心存善，就能积德，逐步成为一个具有高尚情操、高贵品德的人，受到同事、朋友、社会的尊重，进而带动社会向更高的、理想的层次发展。

心中有善，就能善待天下。每日高高兴兴去生活、去工作，不为小事而烦恼，不为小利而揪心。积极地、充满笑容地去待人接物，就能赢得上级的信任、同事的欢心。讲话多委婉、多诙谐、不尖刻、不刁钻、不揭人疮疤，就能少树敌，避免不必要的

麻烦和争吵。不为一时一己之得失而气馁，为实现远大目标而忍辱负重，包容万物，大智若愚。

存善积德，就能成就大事业！

2010年10月20日于舜周书屋

齐家篇（三）

事业·脾气·实践

乘高铁准备去武汉，需候车一小时，闲下来想和你及琦[1]讨论如下问题：

关于事业

人的一生都在忙事业，事业的所谓成功与不成功，是永无止境的。而重要的是，不管是顺境还是逆境，都要心情舒畅。要胜不骄败不馁，脚踏实地，一步一步地走，要相信是金子总会发光的！努力了，如果没有达到所期望，就要调整或降低目标。因为成功不仅靠自己努力就行，还受到天时、地利、人和等诸多因素的影响。而保持心情愉悦，拿得起，放得下，才是事业成功的法宝。

事业的成功，还要依赖发愤图强、刻苦学习。学校的知识，只是社会入门的基础，还需在社会实践中不断学习和提高。当今是知识爆炸的社会，瞬息万变，但万变不离其宗。要抓住核心技术，深化学习。工作再忙，也要挤时间读业务书，学管理、经营知识。除参加国家规定的晋升、考级之外，还要积极发表论文，培养自己的独立思维能力和创造性。

注释：①"你"指笔者女儿，"琦"指笔者女婿成琦。

好脾气

好脾气能给领导、给同事、给家庭带来愉悦。俗话说："好言一席三冬暖，恶言半句伤人心。"脾气好，首先要讲话慢，低嗓门，心存善。讲话之前要观察了解对方的脾气、性格、文化修养水平，要思量话怎样讲，才能避免伤人。其次不要固执，要多听取别人的意见，善于发现别人优点，善于归纳总结、提高和创新。

要善于实践

办事要多实践、多动手，才能有所提高，吃一堑长一智就是这个道理。许多事需要大处着眼，细致入手，亲力亲为。例如旧房的旧窗、纱窗改造，要先看已施工完的人家，以博采众长。要想到旧护窗的利用、新旧纱窗的配套、遮雨顶的用材、晒架防盗、防掉衣服等。创造性就是怎样在不违背物业管理约定的条件下，既使护栏可利用空间大、外观漂亮，又使经费在允许范围内。处理其他事物亦是如此。

只有多动手、多动脑、多实践，且事后多总结经验教训，才能不断前行。

大事及小事

人的一生，大大小小的事物缠身，一定要抓大带小，纲举目张。升学、找工作、结婚和生娃这是人生四件大事。而当前，国家法律已允许生两孩，这也是民族发展、三代之家的需要。父母以子女为贵。儿孙满堂，儿孙有作为，这是家之天幸。因此，抓紧生第二胎，这是你们当前之大事！

2016年3月10日于长沙高铁站

齐家篇（四）

怎样理解幸福

　　什么是幸福？有的人以吃喝玩乐为幸福，有的人以贪图安逸为幸福，因此，纸醉金迷，混混沌沌，一生碌碌无为。而真正的幸福，是成功的喜悦，是收获的快乐，是精神的愉悦。生命不止，学习不止，战斗不息。在一生中树立长远目标，持之以恒，不断学习，在修身中获得精神上的升华；创造家的温馨，培养后代的可为，在齐家中得到爱的滋润。这种幸福，沁入心脾，岂是那种虚浮的幸福可比之？

2011年5月13日于舜周书屋

齐家篇（五）

炎症·肿瘤·嗜好

炎症是肿瘤形成的前提，是诱发癌症的根源。所以，身体有炎症，一定要早治和消除。息肉即是良性肿瘤，只不过是不扩散、生长速度慢一点而已。但息肉若反复，就容易癌变。息肉的反复，受炎症、水肿未消除所影响。而炎症受感冒、烟、槟榔、酒刺激而无法消除。因此，动肺、喉、鼻手术的人，必须戒烟、戒酒、戒槟榔！为生命戒烟、戒酒、戒槟榔，这是对自己负责，也是对家人负责，一定要有决心！如果连这都戒不了，还可干成何事？因此，不管外界诱惑如何，应不抽烟、不喝酒、不嚼槟榔，而从学习中、体育锻炼中、家庭欢愉中得到快乐。这不一样可以得到慰藉吗？

2013 年 7 月 30 日于麓山松庐

后 记

　　吾自幼家境贫寒，祖父成分地主，外祖父成分富农，因之谓"黑五类"之孙。兄妹七人，靠父母挣工分养活，在大跃进、三年自然灾害时期几处死亡边沿。五岁成放牛娃。七岁入民办小学，四个年级一教室，师资匮乏，走马灯似的代课老师只有完小文化，加之到期末才凑够钱买课本，可谓四年仅仅学会了识字。考入完小后，幸有于湖南师大毕业、时犯右派错误的谭恭良先生任班主任和语文老师。谭先生的温文尔雅、博学多才使吾久旱逢甘露，文理成绩突飞猛进。1964年进初中，又遇才高八斗、学富五车、教学风格独树一帜的名师吴干先生。吴先生对吾严格要求，悉心指导，视若己出，并常常将吾作文作为课堂范例。可好景不长，到1966年，"文化大革命"爆发，吾辍学回家。1968年，虽因表现突出获破格推荐，又上了两年高中，但正值"深挖洞，广积粮"时期，学校三日一集会、五日一活动，闹革命第一，学习第二。每天除了挖洞，就是学军、学工。两年内文理知识增长无几。那时没有课外书，好在有毛主席的老三篇、《矛盾论》《实践论》和毛主席诗词本。于是，翻来覆去地读，致能背诵如流。在情绪悲戚或激昂时，便学着毛主席他老人家，写一写诗，填一填词。因此，吾对文学，尤其是诗词的喜爱，要深谢谭恭良、吴干两位先生，更要感谢毛主席！

　　进入大学及毕业留校后，吾深深被自然科学的神秘和深奥所吸引，全身心投入科研与教学，因缺乏时间与精力去博览群书、

鉴古观今，文学就只能作为爱好而已。如有闲暇也读一读唐诗、宋词，模仿着练一练笔。

可惜的是，2009年办公室搬动时，吾尚在外出差，不慎丢失了1970年至2004年的九十余首古典诗词习作，这其中包括在九寨沟、张家界、永州八景、长江三峡、北京故宫等所见所闻有感。因诗词的创作，必须有浓厚的兴趣与激情。丢失的这九十余首都是正值年轻或酒酣时作品，再要仿写，已无可能。

近年来，朋友和学生们纷纷要求吾尽快将诗词结集出版。盛情难却，勉为其难。经整理，将能回忆起的2004年前的二十余首习作与其后写的整理成册，这其中包含古典诗、词、赋、记100首，对联6副，现代诗10首，儿歌21首及散文2篇，随笔5篇，还包括诗友们的互吟诗作十余首等。因吾深喜居所门前古松，故结集曰《麓山松庐文集》。吾自知才疏学浅，如有纰漏，还请读者海涵并斧正。

《麓山松庐文集》出版了！

谨以此深谢恩师吴干先生、谭恭良先生对吾的谆谆教诲与呕心沥血！

谨以此深谢湖南大学对我几十年的培养及朋友们对我的深情厚谊！

谨以此告慰慈父姚公文清，慈母周氏云秀一生劳苦、恩重如山的在天之灵！

姚秉德

2016年7月1日于麓山松庐

图书在版编目（CIP）数据

麓山松庐文集 / 姚秉德著. —北京：世界知识出版社，2016.9
ISBN 978-7-5012-5299-2

Ⅰ.①麓… Ⅱ.①姚… Ⅲ.①中国文学—当代文学—作品综合集
Ⅳ.①I217.2

中国版本图书馆CIP数据核字（2016）第212616号

书　　名	**麓山松庐文集** Lushan Songlu Wenji
著	**姚秉德**
责任编辑	贾如梅
责任出版	赵　玥
出版发行	世界知识出版社
地址邮编	北京市东城区干面胡同51号（100010）
网　　址	www.ishizhi.cn
电　　话	010-65265923（发行）　010-85119023（邮购）
经　　销	新华书店
排　　版	科鑫苑图文设计制作中心
印　　刷	北京京华虎彩印刷有限公司
开本印张	787×1092毫米　1/16　14¼印张
字　　数	153千字
版次印次	2016年9月第一版　2016年9月第一次印刷
标准书号	ISBN 978-7-5012-5299-2
定　　价	49.80元